Rüdiger Schneider

Bekehrung einer frommen Hure

Rüdiger Schneider

Bekehrung einer frommen Hure

Erzählung

Bibliografische Information der Deutschen Nationalbibliothek: Die Deutsche Nationalbibliothek verzeichnet diese Publikation in der Deutschen Nationalbibliografie; detaillierte bibliografische Daten sind im Internet über http://dnb.d-nb.de abrufbar.

Herstellung und Verlag: BoD – Books on Demand, Norderstedt

ISBN: 9783746094137

1

Pater Daniel stapfte gedankenversonnen durch den frisch gefallenen Schnee der Abteikirche zu. In einem dichten Schleier waren in der Nacht die Flocken heruntergerieselt und die Schneedecke hatte sich auch jetzt noch, am frühen Nachmittag, gehalten. In seinem schwarzen, für die Benediktiner bezeichnenden Habit, bildete er einen scharfen Kontrast zu dem blendenden Weiß, auf das von einem klaren, blauen Himmel die Sonne fiel.

Nach dem Mittagessen im Refektorium, dem Speisesaal der Mönche, war er in das Atelier gegangen, hatte zwei, drei letzte Striche an das Marienbild gelegt und auf den Abt gewartet, der, bevor ein Kunstwerk in den Verkaufsladen kam, die Erlaubnis geben musste. Mit der Hand das Kinn umfassend hatte der Abt vor der Staffelei gestanden und dann den Kopf geschüttelt.

„Bruder Daniel", hatte er gesagt, „im Gesicht sehe ich etwas Wildes, Zigeunerhaftes. Das ist nicht unser Stil. So kann das Bild nicht in den Kunstladen kommen. Das ist nicht Maria. Du hast an Magdalena, die Sünderin, gedacht."

„Wissen wir denn, wie die heilige Jungfrau ausgesehen hat?" hatte Pater Daniel eingewandt. „Nein, wir wissen es nicht. Wir benutzen sie als Projektion unserer Ideen. Warum sollte sie nicht auch etwas Wildes haben? Sie war eine besondere Frau, schön, gewiss. Warum sollte zur Schönheit nicht auch das gehören, was du ,wild' nennst. Ich nenne es Vitalität."

Der Abt hatte wieder den Kopf geschüttelt. „Unser Marienbild ist eine unverbrüchliche Säule des Glaubens. Mit diesem Gemälde bewegst du dich am Rande der Ketzerei. Mir ist aufgefallen, dass dich seit einiger Zeit ein Kummer bedrückt, ein grüblerischer Zweifel. Du weißt, was der heilige Benedikt gesagt hat: ,Der Zweifel ist der Geselle des Teufels.' Widerstehe den Anfechtungen, die uns von Zeit zu Zeit befallen. Gehe zur Abteikirche, bleibe im ,Paradies' stehen, sieh dir das lachende Teufelchen an, das auf Pergament unsere Sünden aufschreibt. Verharre dort eine Weile und meditiere! Danach gehe in die Kirche, bleibe im vor dem Christusmosaik stehen und denke an das Johanneswort: ‚Ich bin der Weg, die Wahrheit und das Leben!' Danach magst du dich an ein neues Bild begeben. Du weißt, wie sehr ich deine Kunst schätze. Aber diese Maria, nein, das geht nicht!"

Das sogenannte ‚Paradies' war ein Vorbau der Abteikirche, ein nahezu quadratisches Atrium mit offenen Arkaden, an deren Kapitellen fein gearbeite Plastiken waren. In der Mitte eines Innenhofes befand sich ein kleiner Garten mit einem sprudelnden Brunnen. Um in die Basilika zu gelangen, musste man das ‚Paradies' durchschreiten. An einem der Kapitelle lachte einem das Teufelchen entgegen, mit Stift und Pergament und einem Gesichtsausdruck: „So, jetzt hab' ich dich!"

2

Vor dem Teufelchen verharrte Pater Daniel eine Weile, hing seinen Gedanken nach. War der Zweifel eine Sünde? Was wäre gewesen, wenn Kolumbus weiterhin geglaubt hätte, dass die Erde eine Scheibe sei? Was, wenn Galilei weiter an dem Glauben festgehalten hätte, die Sonne drehe sich um die Erde? Gewiss, so sah es aus. So konnte man denken. Man sah die Sonne am Ostrand aufsteigen, einen Halbkreis um die Erde beschreiben und am westlichen Ende einer Scheibe versinken. Aber die Wirklichkeit war anders. Was war mit ihm, Daniel, los? War sein Zweifel eine Ungewissheit, ein Schwanken zwischen Glauben und Unglauben, eine Anfechtung, wie sie sich im Mönchsleben hin und wieder ereignete und die man zu bekämpfen, zu besiegen hatte? War man nicht unverbrüchlich an das dreifache Gelübde gebunden – Armut, Gehorsam, Ehelosigkeit? Die Armut empfand er nicht als belastend. Im Gegenteil: Die Armut, oder nennen wir sie lieber Bedürfnislosigkeit, war in Wirklichkeit ein Reichtum, befreite von materiellen Anhaftungen und Sorgen. Sorgen um Geld, einen Kontostand, Arbeit oder Arbeitslosigkeit, ein Haus, Ratenzahlungen und Vieles mehr. In der Gemeinschaft der Mönche war man versorgt und geborgen, solange man die Regel des heiligen Benedikt befolgte: ‚Bete und arbeite!'

Mit dem Gehorsam war es etwas schwieriger. Das eigene Denken schien ausgeschaltet. Man war auf eine geistige Schiene gesetzt, die nicht unbedingt richtig sein musste und Zweifel hervorrufen konnte.

Ja, und die Ehelosigkeit, das hatte sich im Laufe der Jahre als sein größtes Problem gezeigt. Konnte man die weibliche Welt so einfach ausblenden? Gehörte sie nicht zum Kosmos, zur Schöpfung dazu? Wie oft hatte es sein Herz angenehm berührt und höher schlagen lassen, wenn er beim Besuch des klösterlichen Kunstladens eine schöne Frau gesehen hatte! Das innerliche Bild nahm er mit in seine Zelle und wurde es lange Zeit nicht los und er bedauerte, dass ihm das Abenteuer, die Femininität zu spüren, zu erleben, versagt war. Konnte man nicht auch zusammen mit einer Frau an Gott glauben, ihn finden, von ihm gefunden werden? Haut an Haut durch die Berührung eines weiblichen Körpers. Schlag an Schlag mit einem anderen Herzen. Welle an Welle gemeinsamer Gedanken. War es richtig, sich ungeteilt, ohne die Turbulenzen, die eine Frau verursachen konnte, dem monastischen Leben hinzugeben? War das, was er machte, wie er lebte, eine unhaltbare, theoretische Konstruktion? Ein Ausschlussverfahren, das zum Scheitern verurteilt war? Warum war dieses Gefühl, für Gott berufen zu sein, nicht konservierbar? Er dachte an jenen Moment der Berufung. 21 Jahre alt war er gewesen, im Tiefschnee mit einem Fell unter den Skiern einer Hütte entgegen gestiegen, um von dort die Abfahrt zu wagen. Es war in den Bergen ein kristallklares Licht, die Sonne blendete im Schnee. In der ihn umgebenden Stille hatte er die Schöpfung gespürt, Gottes Flüstern gehört, war im Schnee auf die Knie gesunken, von diesem Moment an einer geheimnisvollen Schönheit verfallen und hatte gelobt, sein Leben Gott zu weihen. Aber seit einigen Jahren, er war jetzt 58, bedrängten ihn mehr und mehr die Zweifel. Die Befürchtung schlich sich ein, etwas Fundamentales verpasst zu haben, wider die eigene Natur zu leben. Warum sollte Maria nicht auch, wie der Abt es ausgedrückt hatte, etwas Wildes und Zigeunerhaftes haben? Eine Irritation, die dem allgemeinen Bild von ihr widersprach. War es schlimm, wenn sie auf seinem Bild Maria Magdalena glich? Einer Maria Magdalena, die nach dem

Evangelium von Lukas als Frau von schlechtem Ruf zu einer Gesellschaft gestoßen war, bei der auch Jesus zu Gast war. Sie hatte ihm mit ihren Tränen die Füße gereinigt, sie mit ihrem Haarschopf getrocknet, zärtlich geküsst und mit Salböl eingerieben. Jesus hatte sie dafür geliebt. Was also sollte daran verboten sein, dem Marienbild diese Züge zu geben? Waren die gemeinläufige Vorstellung und die zahlreichen kitschigen Darstellungen nicht ein Spiegel absurder Projektionen? Sicher, es gab auch sogenannte ‚schöne Madonnen‘, ansprechende Gemälde und Skulpturen einer anrührenden mütterlichen Schönheit, aber fehlte nicht auch da die Irritation durch eine geheimnisvolle, weibliche Anziehungskraft? Durch das, was der Vater Abt als ‚wild‘ und ‚zigeunerhaft‘ bezeichnet hatte.

3

Nach dem Berufungserlebnis hatte er das begonnene Jurastudium an den Nagel gehängt, hatte umgesattelt auf katholische Theologie, war nach dem ‚Magister Theologiae‘ ins Priesterseminar gegangen und hatte nach weiteren Stationen als Diakon und Neupriester eine kleine Gemeinde in einem Eifeldorf übernommen.

Aber dort war ihm ein selten vorkommender psychischer Defekt zum Verhängnis geworden, hatte ihm das Amt und insbesondere die Predigt unleidlich gemacht. Pater Daniel litt unter dem Tourette-Syndrom. Es kamen ihm Gedanken, die er nicht verhindern konnte und zwanghaft aussprechen musste. Sie tauchten wie ein Blitz aus der Tiefe des Unbewussten auf, übertrugen sich auf die Zunge. Das Zeitfenster dazwischen war schmal. Bei dem letzten dieser Ereignisse hatte er während einer Predigt über die Nächstenliebe plötzlich in den Gottesraum gerufen: „Fickt lieber eure Frauen, statt das Auto in die Waschanlage zu schieben!" Als ihm bewusst wurde, was er da der Gemeinde zugerufen hatte, war er hochrot von der Kanzel gestiegen und geflohen. Danach, mit 54 Jahren, hatte er sich mit Hilfe eines ärztlichen und eines psychiatrischen Gutachtens in den Ruhestand schreiben lassen und gedacht, dass die Stille und Zurückgezogenheit in einem Kloster besser für ihn wäre. Dass damit die Pension, die er bezog, in die Mönchsgemeinschaft floss, war richtig so. Er hing nicht an dem Geld, war versorgt mit allem, was er brauchte, bekam sogar ein Taschengeld und eine Sonderzuwendung für die Materialien, die er zum Malen brauchte. Im Kloster war es ihm gelungen, das Tourette-Syndrom weitgehend zu zügeln, auf jeden Fall nicht mehr obzöne Wörter oder Sätze unvermittelt in die Luft zu rufen. Sobald er den Zwang im Ansatz, sozusagen in ‚statu nascendi' spürte, nutzte er das schmale Zeitfenster zwischen Auftauchen des Gedankens und seiner lautlichen Verwirklichung, biss sich auf die Zunge und schluckte die Wörter gleichsam herunter, statt sie in die Welt zu schicken. Nur ganz zu Anfang der Klosterzeit war ihm noch einmal ein Ausruf unterlaufen. Das war im Refektorium, im gemeinsamen Speisesaal, gewesen. Der Bruder Koch hatte eine an sich schon karge Mahlzeit versalzen. Da hatte er nach dem ersten Bissen gerufen: „Scheißfraß!?" Die Mitbrüder hatten ihn befremdet angesehen, aber nichts gesagt. Geblieben von dem Tourette-Syndrom war schließlich nur der nicht zu beherrschende

Drang, eine gefühlte Wahrheit, auch wenn sie unbequem war und sein Gegenüber vor den Kopf stieß, mitzuteilen.

Das lachende Teufelchen an dem Kapitell im ‚Paradies' hatte sich sicher über seinen Defekt gefreut und gedacht:

„Dem verleiden wir sein gottgeweihtes Leben, bis er sich die Zunge abgebissen hat."

Ein paar Minuten hatte Pater Daniel vor der schadenfrohen Fratze verharrt, war dann in die Basilika gegangen, hatte im Chorraum Christus als Pankreator betrachtet, wie er da mit ausgebreiteten Armen die Welt beherrschte. Pater Daniel biss sich auf die Zunge, schluckte herunter, was ihm ein Dämon einflüstern wollte, und sagte nur:

„Warum kommst du nicht noch einmal, zeigst dich uns, so dass wir Wissende werden und nicht mehr Schiffbrüchige im Glauben?"

Danach ging er, immer noch nicht schlauer geworden hinsichtlich des Marienbildes, aus der Basilika, stellte sich noch einmal vor das Teufelchen und sagte:

„Du kriegst mich nicht klein. All deine Listen helfen dir nicht."

Als theologisch gelehrter Mann wusste er, dass der Teufel genau dann zuschlägt, wenn man ihm widerspricht.

4

Durch einen der Arkadenbögen sah er sie auf das ‚Paradies' zukommen. Sie stapfte mit hohen, schwarzen Stiefeln langsam durch den Schnee, trug über schwarzen Leggins einen roten Lederrock und unter einer nur halb geschlossenen, schwarzen Lederjacke einen weißen Rollkragenpullover. Auf dem bis auf die Schulter fallenden lockigen, blondem Haar steckte der Bügel eines Kopfhörers. Er schätzte sie auf Mitte Dreißig. Aber es konnten auch ein paar Jahre mehr oder weniger sein. Im Schätzen eines Frauenalters war er nicht besonders gut.

Sie ging in ein paar Metern an ihm vorbei zur westlichen Pforte, warf dabei nur einen kurzen Blick auf ihn, blieb vor der Pforte stehen, las den Aushang dort. ‚Beichtgelegenheit und Beichtgespräch Mo-So, 14.30–17 Uhr in der Benedikts-kapelle'. Eine Weile blieb sie dort unschlüssig stehen, schien zu überlegen, kehrte schließlich um, kam auf ihn zu. Als sie vor ihm stand, streifte sie den Kopfhörer ab. Er hörte eine ziemlich flotte, rhythmische Musik, irgendeinen Popsong, von dem er ein paar englische Fetzen mitbekam. ,Holy Moses on the mountain, high above the golden calf…' Sie strich sich wie aus Verlegenheit die Haare zurück. Er erblickte zwei große, runde, goldene Ohrringe.

„Sie wissen, wo die Benediktskapelle ist?" fragte sie. An seinem Habit, an dem schwarzen Obergewand, musste sie erkannt haben, dass er zur Abtei dazugehörte und Bescheid wusste. In diesem Moment, als sie ihn aus hellen, meergrünen Augen ansah und ihre Frage stellte, überkam ihn eine seltsame Nervosität und er spürte, dass sie ihm irgendwie überlegen war. Aber nach einem kurzen Moment hatte er sich wieder unter Kontrolle, fragte: „Sie wollen beichten?"

„Nein, lieber ein Gespräch."

„Die Kapelle ist in der Basilika, westliche Seite." Er zeigte die Himmelsrichtung an. „Sie drücken die Klingel neben der Kapellentür, dann kommt bald jemand. Sie könnten aber auch mit mir sprechen. Ich gehöre zu den Mönchen dazu, war vorher Priester."

Sie sah ihn mit ihren hellen, klugen Augen, in denen ihm ein melancholischer Schatten zu liegen schien, prüfend an, sagte dann: „Ja, gerne."

Zusammen gingen sie an den Arkaden vorbei zum Portal, das aus schwerer, dunkler Bronze bestand. Er öffnete höflich und zuvorkommend einen seitlichen Flügel, führte sie zu der Kapelle, drückte die Klinke, schob die Tür auf.

Sie blickte auf einen Beichtstuhl aus dunklem Nussbaumholz, ging darauf zu, wollte sich schon hineinsetzen, aber Pater Daniel schüttelte den Kopf. „Das ist ein Relikt von früher. Wir gehen in einen kleinen Nebenraum. Er ist ganz einfach eingerichtet, hat nur einen Tisch und ein paar Stühle. Da kann man unter vier Augen sprechen.

Er öffnete eine schmale Tür neben dem Beichtstuhl, knipste Licht an. Die steinernen Wände warfen es matt zurück. Sie setzten sich gegenüber. Die Frau schlug die Beine übereinander, legte den Kopf leicht nach hinten, wartete offensichtlich darauf, dass er beginnen würde.

„Worüber möchten Sie reden?" fragte er mit leiser Stimme.

„Über meine Arbeit", antwortete sie und sah ihm jetzt direkt und ruhig in die Augen.

„Was für eine Arbeit ist es?"

„Öffentlicher Dienst", sagte sie und versuchte ein Lächeln.

„In welchem Bereich?"

„Ich bin Prostituierte."

„Schön!" entfuhr es ihm spontan, ehe er sich auf die Zunge beißen konnte. Und sogleich schickte er als holprige Erklärung hinterher: „Ich meine, schön, dass Sie gekommen sind." Dann bat er sie zu erzählen, was sie bedrückte.

5

Pater Daniel hatte den Kopf gesenkt, so dass er sie nicht direkt anblickte. Die linke Hand hielt er unter das Kinn geschoben. Er hörte zu, unterbrach sie selten mit Zwischenfragen, ließ ihre Seele reden. Gleich zu Anfang sagte sie mit klaren Worten, was er nur vage gedacht hatte.

„Ich habe Angst, dass mir die Fähigkeit zu lieben verloren geht. Meinen

Beschützer, ich könnte ihn auch Zuhälter nennen, fürchte ich. Die Männer, mit denen ich schlafe, verachte ich. Mich selbst hasse ich für das, was ich tue. Ich habe Sehnsucht nach einem normalen, anständigen Leben, in dem ich meinen Körper nicht mehr verkaufen muss. Ich weiß nicht, wie ich das ändern kann."

Wenn die Sehnsucht nach Liebe noch in ihr wach ist, dachte Pater Daniel, ist sie nicht verloren. Sie ist wie Magdalena eine fromme Hure. Sie fürchtet um den Tod ihrer Seele.

„Ich mache Hausbesuche oder treffe mich mit den Männern in ihrem Büro oder in einem Hotel. Ich habe damit angefangen, um mein Studium zu finanzieren. Zuerst habe ich es mit den üblichen Jobs versucht. Kellnerin, Babysitter, Call Center. Aber dieses Geld reichte nicht. Hätte ich einen Vollzeitjob gemacht, hätte die Zeit für das Studium nicht gereicht. Die nächste Station war der Job für eine Begleitagentur. Zunächst bin ich mit den Männern nur essen gegangen oder ins Theater, in die Oper oder in ein Konzert. Dann kam die erste längere Reise mit einem Mann, wenn er mir sympathisch war. Schließlich habe ich mir meine eigene

Website eingerichtet für die Hausbesuche und das Studium aufgegeben."

„Was für ein Studium?" fragte er.

„Informatik. In Bonn. Am Anfang waren es nur wenige Besuche. Dann wurden es mehr. Mehr Besuche, mehr Geld. Weil die Besuche nicht ungefährlich sind, ich kenne die Männer ja nicht, habe ich meinen Freund gebeten, mich zu bringen, im Wagen zu warten, über das Smartphone mitzuhören. Er arbeitet nicht, hängt in Kneipen herum, in Wettbüros oder sitzt auf der Couch und sieht Filme. Vor einem Jahr hat er damit angefangen, nicht nur mitzuhören, sondern die Begegnungen auch aufzuzeichnen. Ist der Mann verheiratet, erpresst er ihn manchmal. Ich hänge da mit drin, obwohl ich es nicht will. Es sieht so aus, als würden wir gemeinsame Sache machen. Aber ich kann ihn nicht davon abhalten."

„Sie könnten ihn verlassen, in eine andere Stadt ziehen?"

„Er kontrolliert mich, findet mich. Er ist brutal geworden, rücksichtslos. Am Anfang war er nicht so. Er hat einen Revolver, den er sich im Darknet besorgt hat. Sein Vorbild von den Filmen her ist

Pablo Escobar, wenn Sie wissen, wen ich meine."

„Nein."

„Ein kolumbianischer Kokaindealer, der sich ein Imperium aufgebaut hat. Filme über ihn guckt er sich zehnmal an. Er verehrt ihn."

Pater Daniel atmete tief durch, faltete die Hände über dem Bauch, blickte nach oben zur Decke der Kapelle.

„Schwierig", bemerkte er. „Aber Sie wollen aus diesen Verhältnissen raus?"

„Ja, aber ich weiß nicht wie."

„Wenn ich fragen darf: Wie alt sind Sie?"

„32."

„Jung genug, um etwas Anderes anzufangen, diese Schiene zu verlassen."

Sie schüttelte den Kopf. „Wie und wo? Ich habe nichts gelernt, außer dass ich den Männern vorspiele, was sie hören und erleben wollen. Details will ich Ihnen hier nicht zumuten."

Er sah nicht mehr zur Decke, senkte den Kopf, blickte sie an. Im dezenten Licht der Kapelle waren ihre Augen verschattet.

„In einem ersten Schritt sind Sie hierhin gekommen", sagte er, „gewiss voller Zweifel, Bedenken. Aber ist es nicht ein

Anfang? Ich will Ihnen jetzt nichts von Reue, Buße und Liebe erzählen. Kann ich auch nicht. Ich bin selbst in der Situation, dass ich daran zweifle, wie ich lebe, was ich tue. Meine Liebe gehört der Malerei. Aber die ist eingezwängt in fromme Vorstellungen und Vorgaben. Ich gehöre hier zu den sogenannten ,Künstler-brüdern'. Wir haben eigene Werkstätten, Ateliers, eine Buchbinderei und einen Kunstladen, wo wir unsere Werke anbieten und verkaufen. Manchmal kommt mir der ketzerische Gedanke, dass ich mich auch prostituiere. Das heißt, etwas tue, was ich so nicht will. Und habe ich meine eigene Idee, meine eigene Art der Darstellung, wird es abgelehnt. In gewisser Weise sitzen wir im gleichen Boot."

Ein leises Lächeln zeigte sich auf ihren Lippen.

„Sie verurteilen mich nicht?" fragte sie.

„Nein! Wie käme ich dazu!?"

Nach einem Moment der Pause in der kühlen Stille der Kapelle fuhr er fort:

„Was wir machen, wenn Sie ein-verstanden sind, wir zünden zwei Kerzen vor der Marienstatue hier in der Basilika an. Das ist ein weiterer Schritt, eröffnet neue Horizonte. Den ersten Schritt haben Sie bereits gemacht, indem Sie den Weg hierhin gefunden haben."

Gemeinsam gingen sie zu der Marienstatue, die blumengeschmückt vor einem Pfeiler an der westlichen Seite stand.

„Eine Traubenmadonna", sagte er. „Mit dem Jesuskind auf dem Arm guckt sie recht munter."

Er nahm zwei von den Teelichtern unten auf der Ablage eines schwarzen Metallständers vor der Statue, nahm eine Schachtel bereit liegender Streichhölzer, zündete die Kerzen an, stellte sie nach oben auf die dazu bestimmte Ebene, faltete die Hände, bewegte die Lippen zu einem leisen Gebet.

Sie holte aus ihrer Lederjacke einen Euro, beförderte ihn in den Schlitz des Münzkastens an der Seite des Metallständers.

Vor dem ‚Paradies' verabschiedeten sie sich.

„Wenn Sie wollen, können wir gerne unser Gespräch fortsetzen. Sie rufen bei der Pforte an und verlangen Pater Daniel."

„Ja, danke, das werde ich tun. Ich bin Sonja."

6

Während Pater Daniel durch den Schnee der Klosterpforte zustapfte, ging sie zum Parkplatz des Hotels, das zum Abteigelände dazugehörte. Sie hatte wieder den Kopfhörer aufgesetzt, hörte den Song, den sie so mochte, zu Ende. Es war ein ziemlich flotter Rhythmus, der zum Tanzen einlud. ‚All you zombies' hieß das Stück, war von einer Rockband aus Philadelphia. Die Lyrics sprachen für sich. „Holy Moses met the Pharaoh, yeah, he tried to set him straight, looked him in the eye, let my people go!" - Der heilige Moses traf den Pharao, schaute ihm tief in die Augen und forderte von ihm: Lass mein Volk ziehen!

Ihrem Freund hatte sie erzählt, sie würde ihre Eltern in Andernach besuchen. Dorthin kam er nie mit. Die Abtei kannte sie von früher, von einem Besuch dort mit ihren Eltern. Sie gefiel ihr. Mit der Basilika und ihren erhabenen Türmen, mit der Natur der Umgebung. Sie suchte etwas Ruhe, Stille. Auf die Idee eines Beichtgespräches war sie erst durch den Aushang am Portal gekommen. Ein Gespräch. Ein Versuch. Sonst hatte sie niemanden. Die Eltern durften nichts von ihrer Tätigkeit wissen. Der Vater bezog eine schmale Rente, die nicht reichte, um ihr Studium zu finanzieren. Sie hatte den Eltern erzählt, sie würde sich das Studium als Hostess bei Messen verdienen. Den Freundinnen, den wenigen und die eigentlich auch keine waren, konnte sie auch nichts erzählen. Die waren klatschsüchtig. Da bestand die Gefahr, dass ihre Überlegungen dem Freund zugetragen wurden. Freund? Das war er schon lange nicht mehr. Er war eine Bedrohung, eine Gefahr. Wie sie ihm entfliehen konnte, wusste sie nicht. Ob sie es wirklich wollte, war ihr auch noch nicht klar. Vielleicht war sie abhängig von ihm, obgleich es sie mehr und mehr zu ekeln begann, wenn er sie berührte. Der Pater dagegen, mit dem sie gesprochen hatte, war ihr sympathisch. Er hatte ruhig zugehört, sie nicht verurteilt oder irgendeinen salbungsvollen Sermon losgelassen. Bereue deine Sünden, Kind! Bekehre dich! Er schien ebenso wie sie nicht zufrieden mit seinem Leben, hatte Verständnis. Auf jeden Fall war das kurze Gespräch anders verlaufen, als sie befürchtet hatte. Sie fühlte sich jetzt sogar erleichtert, weniger von Sorgen bedrückt.

7

Sie war mit dem alten Audi ihres Vaters gekommen. In den eigenen BMW X2 hatte Louis, ihr ‚Beschützer‘, einen GPS-Tracker eingesetzt, einen Peilsender, mit dem er den Standort des Wagens und die Routen verfolgen konnte. Er hatte ihr nichts davon erzählt, aber sie hatte mitbekommen, wie das Päckchen, das er bei ‚amazon‘ bestellt hatte, geliefert wurde.

„Was ist das?" hatte sie gefragt, als er ein kleines, schwarzes Kästchen auspackte.

„Ach, nur eine externe Festplatte für den Laptop", hatte er geantwortet.

Die Verpackung hatte er in den Papierkorb geworfen. Als er dann wie immer in die Kneipe gegangen war, um seine Freunde zu treffen, hatte sie die Verpackung aus dem Korb gefischt und gesehen, was es wirklich war. Ein GPS-Tracker mit Magnethaftung. Es war ihr sofort klar, wozu er den brauchte. Sie sagte nichts, hatte ihn später aber einmal vom Fenster aus beobachtet, wie er zum Wagen ging, sich an der Rückbank zu schaffen machte, das Gerät herausholte. Der Tracker musste ab und zu wieder aufgeladen werden.

Bevor sie nach Bonn zu ihrem ‚Freund‘ zurückkehrte, tauschte sie bei ihren Eltern in Andernach wieder den Wagen.

„Mein Freund ist sehr eifersüchtig", hatte sie erzählt. „Er duldet nur den Besuch bei euch. Ich will aber zu einer Freundin nach Koblenz und möchte kein Theater."

„Kind, lass dir das doch nicht gefallen!" hatte der Vater gesagt.

„Jetzt noch nicht. Ich werde ihn später abservieren. Kann ich deinen Audi nehmen?"

„In Gottes Namen, ja. Aber so eine Beziehung kann nicht gutgehen. Sieh zu, dass du irgendwann den Abschied machst. Wo gibt es denn so etwas!? Jemandem nachspionieren!"

Als sie wieder zu Hause in dem gemeinsamen Bonner Appartement war, erhielt sie einen Anruf. Ein neuer Kunde wollte ihre Gesellschaft.

„Meine Frau ist für ein paar Tage in einem Wellness-Hotel", hatte er gesagt. „Alleine fühle ich mich nicht so gut." Und dann hatte er diese komische Adresse angegeben. „Klingeln Sie im Beerdigungsinstitut Friedvoll." Und er hatte hinzugefügt: „Ja, ich weiß, das klingt etwas seltsam. Aber ich bin Bestattungsunternehmer, wohne da. Haben Sie bitte keine Bedenken. Ich erwarte Sie um 20 Uhr. Das geht?"

Der ‚Freund' hatte mitgehört. Wie immer bei solchen Anrufen hatte sie auf laut stellen müssen. Er nickte, flüsterte ihr zu:

„Musst du machen! Aber nimm mehr! Wegen der Location."

„Ja", sagte sie zu dem Kunden. „Das geht."

8

Der Freund, der im strengen Sinne keiner war, hieß Louis Mendalla, war 35 Jahre alt, wurde von seinen Kumpanen nur ‚Revolverlui' genannt, weil er das Schießgerät meist unter dem überhängenden Hemd im Hosenbund stecken hatte. Er konnte schnell aufbrausend werden. Passte ihm etwas nicht, so fuchtelte er mit dem Revolver in der Luft herum und sagte: „Pass auf, Freundchen! Die Kugel ist schneller, als du weglaufen kannst." Die Freunde waren sich nicht sicher, wie gefährlich er wirklich war. Manche dachten und sprachen es auch heimlich aus: „Der hat einen Schuss!" Vor allem, wenn er damit prahlte, in Bonn ein Medellín am Rhein zu errichten und eine Großagentur mit mehreren Pferdchen zu unterhalten. Und auch den Straßenstrich könne man ruhig wieder neu organisieren. Es sei eine Tat der Barmherzigkeit, da immer mehr Männer in Not gerieten.

Geschätzt wurde er wegen seiner finanziellen Großzügigkeit. Meistens lud er die Freunde ein, bezahlte, hatte immer ein Bündel Euronoten in der Hosentasche. Dass es eigentlich Sonjas Geld war, verhehlte er nicht, sondern war eher stolz darauf, mit 35 schon im Ruhestand leben zu können. „Musst du auch so machen!" riet er. „Aber du musst dein Weib beherrschen können, sonst funktioniert das nicht." Sein attraktives Äußeres, er war groß, schlank, hatte von einer spanischen Großmutter Latinozüge und konnte, wenn es darauf ankam, wie sein Vorbild Pablo Escobar sehr höflich und liebenswürdig sein. Auch war er, obwohl er die Hauptschule nach dem vierten Jahr abgebrochen hatte, sehr eloquent und konnte sehr überzeugend wirken. Sonst wäre es ihm auch niemals gelungen, Sonja in einer Bonner Kneipe kennenzulernen und mit ihr ein Verhältnis zu beginnen. Als sie ihm dann von ihrem finanziellen Engpass wegen des Studiums erzählte, nutzte er die Gunst der Stunde, kam mit der einfachsten aller Lösungen und sagte:

„Du musst nur einmal am Tag einen reichen Herrn besuchen, dann hast du am Ende des Monats mindestens 6000 Euro. Ich beschütze dich, passe auf. Na ja, und eine kleine Provision könnte dabei auch für mich abfallen."

Bis dahin hatte er vom riskanten Drogendeal gelebt, war polizeilich kein Unbekannter, hatte den Führerschein wegen eines verbotenen Autorennens auf der B9 verloren, Personen gefährdet. Da er vorbestraft war, hatte er zwei Jahre hinter schwedischen Gardinen verbracht, aber Sonja nie etwas davon erzählt.

Sie hatte ihm auch nicht erzählt, dass sie das, was er vorgeschlagen hatte, schon seit einiger Zeit machte. Dachte aber: Schön, dann habe ich jemanden, der aufpasst, dass mir nichts passiert.

Im Laufe der Zeit offenbarte er mehr und mehr seine Rücksichtslosigkeit, zeigte aber auch eine liebevolle Seite und es gelang ihm, Sonja einzuschüchtern, ihr Angst einzujagen.

„Egal, wo du dich aufhältst, ich finde dich. Und dann…"

Er hob dabei den rechten Arm in die Luft, krümmte den Zeigefinger. Die anfängliche Liebe war bei ihr schon lange verloren gegangen, aber es gelang ihr nicht, sich aus seiner Umklammerung zu lösen. Dass sie sich mit ihm bei Netflix die Filme über den kolumbianischen Drogendealer ansehen musste, verstärkte die Angst zusätzlich und verhinderte die Befreiung. ‚Loving Pablo' hieß zum Beispiel einer dieser Filme. Der höfliche Pablo Escobar Garvía hatte über 400 Polizisten auf dem Gewissen, dreißig Richter und ein paar hochrangige Politiker. In der Tat war niemand vor ihm sicher gewesen. Wer ihm in die Quere kam oder nicht gehorchte, war erledigt.

9

Pünktlich um 20 Uhr klingelte sie an dem Institut im Bonner Vorort Duisdorf. Ein schon etwas älterer Herr, von etwa 60 Jahren, gut gekleidet mit Anzug und dezenter grauer Krawatte, öffnete, ergriff ihre Hand, schüttelte sie. „Ich bin Heinz", sagte er.

„Angelika", erwiderte sie knapp. Ihren richtigen Namen erwähnte sie nie, nannte immer den Namen, der ihr spontan einfiel.

„Ein himmlischer Name", kommentierte er. „Aber bitte, komm doch rein! Ein Gläschen Sekt vorher?"

„Nein, danke! Kommen wir bitte gleich zur Sache. Das macht 300 Euro für eine Stunde."

„Auch mit besonderem Wunsch?" fragte er.

„Das hängt von dem Wunsch ab."

„Also", begann er etwas zögernd. „Wir gehen in den Lagerraum. Ich lege mich nackt in einen Sarg, und du setzt dich auf mich drauf. Ich weiß", ergänzte er nach einer kleinen Pause, „es ist etwas ungewöhnlich, aber nicht unverständlich. Ich möchte endlich einmal etwas Leben in so einem toten Behältnis erfahren."

„Warum machen Sie das nicht mit Ihrer Frau?"

„Mit der!?" antwortete er in einem abfälligen Ton. „Da läuft schon lange nichts mehr. Und sowas schon gar nicht."

„Das sind dann aber 500 Euro", forderte sie.

Er rieb sich das Kinn. „Teuer. Aber meinetwegen. Es wird ja viel gestorben. Da kommt das Geld wieder rein."

Noch widerstrebend und überlegend, ob sie nicht lieber fliehen sollte, folgte sie ihm in den Lagerraum, wo die Särge aufgestapelt waren. Würde sie das jetzt verweigern, gäbe es Krach mit ihrem Freund, der vor dem Haus im Wagen wartete und auf dem Smartphone mithörte. Ihres verwahrte sie unauffällig in der Handtasche. Er würde toben, ihr vielleicht wieder ein blaues Auge schlagen, sagen:

„Wie kannst du dir nur 500 Euro entgehen lassen! Ist doch egal, ob du das im Bett machst oder in so einer Kiste!"

Bevor der Bestatter sich auszog und den Deckel von einem Sarg hob, den er schon bereit gestellt hatte, zog er aus der Innentasche seines Jacketts ein Bündel mit Noten, zählte ab, gab ihr das vereinbarte

Honorar. Dann entkleidete er sich, ohne den Blick von ihr zu wenden, legte sich in die mit violettem Samt ausgeschlagene Behausung, die für ein ewiges Leben bestimmt war.

Sie stand daneben, sah, dass sein Glied hing wie eine Dolde am Weinstock.

„Zieh dich aus!" befahl er. „Dann kommt der schon."

Als sie nach einer halben Stunde draußen war, musste sie erst einmal kotzen. Sie wischte sich den Mund ab, stieg in den wartenden Wagen.

„Geht doch!" sagte ihr Freund. „Rück jetzt das Geld raus!" Sie reichte ihm die Euroscheine. Er zählte nach, gab ihr einen Hunderter zurück, sah sie an:

„Zieh nicht so eine Flappe! Hundert reicht."

Sie murmelte leise: „Herr, befreie mich aus dieser Hölle!"

„Was hast du gesagt?"

„Es war die Hölle."

„Stell dich nicht so an! Einmal am Tag die Beine breit und schon stimmt die Kohle."

Auf der Rückfahrt verdrängte sie die Bilder des Erlebten, dachte an die Begegnung mit Pater Daniel, an dieses befreiende, tröstende Gefühl, als sie zum Parkplatz des Hotels gegangen war und zu dem Song durch den Schnee getanzt war. Zwei Kerzen hatte er angezündet. Warum zwei? Eine auch für sich? Er war so anders als das, was sie kannte. All you zombies. Das waren die, mit denen sie zu tun hatte. Der Schlimmste saß neben ihr. Schade, dass sich Männer wie Pater Daniel in ein Kloster zurückzogen. Zwei Kerzen. Nicht nur eine. Und als sie brannten, ein Gebet. Sie verzog hinter dem Steuer den Mund zu einem versonnenen Lächeln.

„Na, geht doch!" sagte ihr Freund, der in diesem Moment einen seitwärtigen Blick auf sie geworfen hatte.

10

Im Dormitorium, auf dem Weg zu seiner Zelle, begegnete Pater Daniel dem Abt. Der hielt ihn an, sagte: „Bruder Daniel, ich komme nach dem Abendlob zu dir. Wir müssen reden. Ich spüre das."

„Ja", stimmte der Pater knapp zu. „Nach dem Abendlob."

Er mochte den um zwanzig Jahre älteren Abt, bewunderte ihn sogar, wie er so fest und unerschütterlich im Glauben stand und mit gütiger, aber bestimmter Hand die Gemeinschaft führte. Zu befürchten hatte er nichts. Und der Kommentar zu dem Marienbild war bereits verziehen.

Nach dem den Tag abschließenden Abendgebet erschien Abt Jakob in Pater Daniels Zelle.

„Ich weiß", begann der Abt, „du trägst einen Kummer mit dir herum. Lass uns darüber reden und lass mich auch sogleich meine Vermutung darüber äußern. Es ist das Thema, das uns im Klosterleben oft in Zweifel und Versuchung stürzt. Du sehnst dich nach einer Frau. Stimmt es? Ich habe es heute bei deinem Marienbild erkannt."

„Es stimmt", gab Pater Daniel ohne Umschweife zu.

„Du kennst das Wort des Paulus aus dem Brief an die Korinther. ‚Ein jeglicher hat seine eigene Gabe von Gott, einer so, der andere so. Wer sich nicht enthalten kann, soll freien. Es ist besser freien als von Begierde verzehrt zu werden.' Du wirst dich eines Tages entscheiden müssen. Du bist jetzt 58 Jahre, hast nicht mehr viel Zeit für Irrtümer. Ein Vorwurf an dich liegt mir fern."

„Ja", sagte Pater Daniel, „ich liege nachts oft wach und denke, wie schön es wäre, eine Frau im Arm zu haben. Und es kommen mir Zweifel, ob das Klosterleben richtig für mich ist oder wider meine Natur. Es bedrückt mich und ich kenne den Weg noch nicht."

„Du bist nicht der erste Bruder mit diesen Überlegungen. Ich verstehe sie, auch wenn mich solche Anfechtungen nicht behelligen. Den einen ist es gegeben, manchen nicht. Aber denke bei deiner Entscheidung auch an das andere Wort des Paulus. ‚Wer ledig ist, der sorgt um des Herrn Sache, nämlich wie er dem Herrn gefalle. Wer aber gefreit hat, der sorgt um die Dinge der Welt, nämlich wie er der Frau gefalle, und so ist er geteilten Herzens.‘ Du wirst deinen eigenen Weg finden. Vertraue auf Gott. Und denke daran: ‚Der Herr ist mein Hirte.‘ Möchtest du weiter mit mir darüber sprechen, dann komm. Für heute sei es genug. Du weißt jetzt, was ich darüber denke. Habe eine friedvolle Nacht. Der Herr beschütze dich! Cella est coelum!"

Mit diesem Wort, die Zelle ist der Himmel, verabschiedete sich Abt Jakob und ließ einen Pater zurück, dem es nicht gelang, die Begegnung mit Sonja zu vergessen und ihr Bild, das er in seinem Innern trug, beiseite zu schieben. Je mehr er es mit Willensstärke versuchte, desto eindringlicher kehrte es zurück.

11

„Habe eine friedvolle Nacht!" hatte ihm der Abt gewünscht. „Cella est coelum!" Die Zelle ist der Himmel. Pater Daniel wälzte sich unruhig in dem schmalen Bett hin und her, stand schließlich auf, zog sich an und ging zum Klostergarten, wo er im Kreuzgang unruhig hin und her wanderte. Eine der wichtigsten Regeln des heiligen Benedikt war die ‚stabilitas', die Stabilität des Mönchs, der im Kloster wie ein Baum Wurzeln schlagen sollte. Danach sah es bei ihm nicht aus. Er war seit dem Treffen mit Sonja Lichtjahre von dieser ‚stabilitas' entfernt, trieb eher wie ein führerloses Boot auf dem Meer der Wünsche, Sehnsüchte, Begierden. Durch eine der Arkaden sah er in den Garten und dann zum Himmel hinauf, der ganz klar war. Ein Sternbild, das er noch nie gesehen hatte, erstaunte ihn. Zwei Sterne standen dicht beieinander, gefolgt von der weiter entfernten Sichel des Mondes, der in gerader Linie zu den beiden Sternen stand. Der eine, der am hellsten strahlende, musste die Venus sein. Bei dem anderen, weniger hellen, war er nicht sicher. Jupiter vielleicht. Er deutete sich dieses Bild als Zeichen. Sonja würde wiederkommen, noch einmal mit ihm sprechen. Er hörte auf, ihr Bild verdrängen zu wollen. Es war sinnlos. An der Klosterpforte hatte er sich noch einmal umgedreht, ihr nachgesehen, wie sie leichtfüßig durch den Schnee gegangen war, tanzend oder als ob sie auf Schlittschuhen gleiten würde. Er selbst war eher wie ein Bär gestapft. Es hatte keinen Sinn, die Gedanken zu bekämpfen. Er musste sie zulassen, sortieren, analysieren, sie sich eingestehen, sie beobachten wie von einem anderen Standpunkt, damit sie ihre Gefährlichkeit verlieren würden und abkühlten. Ja, sie war erotisch, hatte eine verlockende, vollkommene Figur. Und ihre meergrünen Augen, die einen so klug und erkennend anblicken konnten, hatten etwas magisch Anziehendes. Zugleich, so schien es ihm, hatten sie auch den zarten Hauch einer unbestimmten Melancholie.

Eine Weile stand er unter einer der Arkaden still, starrte in den Schnee, als wolle er ihr Bild dort hinein projizieren. Eine Verzauberung ergriff ihn, und er dachte an jenen Ritter in einem mittelhochdeutschen Epos, der drei Blutstropfen im Schnee entdeckt, auf seinem Pferd davor stehen bleibt, an seine Königin denkt und in Trance verfällt. Er kannte diese Textstelle, weil sie ihn damals so berührt hatte, noch auswendig: ‚Die Farben glichen ganz genau der Königin von Beaurepaire: sie hat ihm den Verstand geraubt, er saß zu Pferd, als schlafe er.'

Erst zehn oder sogar fünfzehn Minuten später löste er sich aus dieser Verzauberung, spürte, wie ihm die Kälte unter Obergewand und Tunika kroch und begab sich wieder in seine Zelle. Kaum hatte er sich gelegt, schlief er auch schon ein und erinnerte sich am frühen Morgen, als die Hausglocke zum Gebet rief, an keinen Traum. Abt Jakob warf einen prüfenden Blick auf ihn und sah, welchen Anfechtungen er ausgesetzt war.

Er hatte nie eine Kunstakademie besucht, trug auch keinen Titel wie etwa ,Bachelor of Fine Arts', aber das Beobachten und bildnerische Gestalten war ihm sozusagen in die Wiege gelegt worden von einer Mutter, die sich als Malerin einen weit über regionale Grenzen gehenden Ruf erworben hatte. Er hatte oft, gerade mal fünf Jahre alt, in ihrem Atelier gestanden und ihr zugesehen, wie sie vor der Staffelei stand, ein paar Schritte zurückging, um das entstehende Bild zu betrachten. In einem Winkel des Raums hatte sie ihm schließlich einen eigenen Platz eingerichtet, wo er seine ersten kindlichen Versuche mit der Welt der Farben starten durfte. Die Ergebnisse waren für sein Alter ungewöhnlich, sprachen von Talent, Qualität und einer eigenen Perspektive. Eigentlich war da schon seine Laufbahn klar. Nach dem Abitur wollte er die Europäische Kunstakademie in Trier besuchen, hörte dann aber auf den Rat des Vaters, nicht einen als brotlos geltenden Beruf zu wählen, sondern lieber etwas Handfestes, das Geld einbrachte. So war er dann statt zur Kunst zunächst zum Jurastudium gekommen, bis ihn jenes Berufungserlebnis, ähnlich dem Blitzschlag, der aus Saulus einen Paulus machte, einen anderen Weg einschlagen ließ, an dessen Beginn sich das verstörende Tourette-Syndrom erstmals gezeigt hatte. Das Malen aber hatte er während der Ausbildung zum Priester beibehalten und dann auch im nachfolgenden dörflichen Amt einen eigenen Atelierraum im Pfarrhaus gehabt.

Am Nachmittag, der auf die kurze Nacht gefolgt war, in der er durch den Kreuzgang gewandert war und die neue Sternenformation gesehen hatte, stand Pater Daniel vor der Staffelei mit dem Marienbild und tupfte im Antlitz Marias mit einem in Isopropanol getauchten Wattestäbchen den Firnis ab. Er überlegte, was zu verändern war, was bei dem Abt den Eindruck von etwas Wildem und Zigeunerhaftem hervorgerufen haben könnte. Schließlich entschied er sich, nur Mund- und Augenpartie zu verändern, die Haarpracht aber beizubehalten. Behutsam entfernte er mit Terpentin diese Stellen, dachte an die Augen Sonjas und jenen Anflug von Lächeln auf ihren Lippen, als er gesagt hatte, sie säßen im gleichen Boot. Mit vorsichtigen, ja nahezu zärtlichen Pinselstrichen korrigierte er den Eindruck, den Abt Jakob von dem Bild gehabt hatte und kam zu einem Ergebnis, das dem geheimnisvollen Lächeln der Mona Lisa nicht unähnlich war. Die Augen waren meergrün, hell und strahlend.

Ein paar Tage später, als Farbe und Firnis getrocknet waren und er den Abt zur Begutachtung eingeladen hatte, stand dieser schweigend vor dem Bild und ließ sich als Kommentar nur entlocken: „Es ist ungewöhnlich."

Dann ist es richtig, dachte Pater Daniel und um einen direkten Affront gegen das Gebot des Gehorsams zu vermeiden, sagte er nicht: „Es darf nicht zum Verkauf in den Kunstladen kommen." Er beschied den Abt mit einem „Ich habe noch daran zu arbeiten."

13

Die Tage danach wartete er voller Hoffnung und Ungeduld, dass der Pförtner käme und sagen würde: „Bruder Daniel, da ist ein Anruf für dich. Eine Frau möchte zum Beichtgespräch." Aber dieser Anruf kam nicht.

Sonja dagegen überlegte, wie sie sich aus der Hölle der Abhängigkeit befreien könnte. Die Welt war gläsern geworden durch das Internet. Er würde sie finden, und dann war bei ihm jede Untat möglich. In einer anderen Stadt würde sie sich anmelden müssen, um eine Wohnung und einen Job zu bekommen. Durch die vielfältige Vernetzung der Ämter und Institutionen war es ein Kinderspiel, ihre neue Adresse zu erfahren. Sie müsste in Angst leben, dass er eines Tages mit dem Revolver vor ihrer Tür stand. Er war impulsiv, aufbrausend, trug Rachsucht in sich, hatte das kolumbianische Temperament eines Pablo Escobar, den er als Held und Herrscher eines Imperiums verehrte und der so viele Morde auf dem Gewissen hatte. Die Verehrung Escobars unterstrich die Gefährlichkeit ihres Zuhälterfreundes und hatte sie an einer Flucht gehindert. Und, was sie zugeben musste, er hatte auch eine anziehende, liebevolle Seite, die indes jäh umschlagen konnte ins brutale Gegenteil. So war sie mit zwei Fesseln geschlagen. Mit der Furcht vor der Gefahr und mit der

Anziehungskraft, die er trotz allem ausübte. Es war eine Abhängigkeit, die sie im Laufe der Zeit mehr und mehr zermürbte. Hinzu kam der wachsende Ekel vor den Besuchen bei Männern, denen sie zu Willen sein musste, um Geld zu verdienen.

Das Gespräch mit Pater Daniel hatte ihr für eine kurze Zeitspanne Erleichterung verschafft und der Wunsch wurde stärker, es zu wiederholen. Aber in einem zu knappen Zeitabstand würde sie ihr Alibi, Besuch bei den Eltern, nicht wiederholen können, ohne den Verdacht ihres misstrauischen ‚Freundes' zu erregen. So wartete sie zwei Wochen, schob als Ausrede eine Krankheit ihrer Mutter und einen dringenden Besuch dort vor und rief schließlich bei der Klosterpforte an. Das Telefonat löschte sie danach auf ihrer Anrufliste, die er regelmäßig kontrollierte.

Der Schnee, der in jener Nacht vor der ersten Begegnung gefallen war, war lange schon geschmolzen und die ersten Schneeglöckchen und Krokusse wagten sich hervor und kündeten den kommenden Frühling an. Die Klostergärtnerei stellte die ersten Heilkräuter aus, die noch in kleinen Töpfen auf weiteren

Wuchs warteten. Die Tage schwankten zwischen kalt und erträglich, der Himmel wechselte zwischen monotonem Grau und gelegentlich hervorblitzendem Sonnenschein. Im Kloster freute man sich auf das bevorstehende Ende der Fastenzeit und das Fest der Auferstehung.

Es war ein ganz normaler Mittwoch, als Pater Daniel zur Pforte gerufen wurde.

14

Der Abt eines Klosters war ‚primus inter pares‘, hatte genauso Dienste zu verrichten wie die anderen Brüder, musste zum Beispiel im Refektorium bei den Mahlzeiten bedienen oder an der Pforte Dienst tun. An diesem Mittwoch war es ausgerechnet Abt Jakob, der Sonjas Anruf entgegennahm und nach Pater Daniel schickte. Der eilte, nachdem er Bescheid erhalten hatte, leichtfüßig und mit pochendem Herzen zur Pforte.

„Da ist ein Anruf für dich, Bruder Daniel", hatte der Abt gesagt. „Von einer Frau, die ausdrücklich dich zum Gespräch verlangt."

Dem Pater war nicht die versteckte Neugierde in den Augen des Mannes mit dem gestählten Glauben entgangen. Aber er tat gleichmütig, so als wisse er von nichts und sei selber überrascht. Dem Abt wiederum war nicht die nur schlecht unterdrückte Erwartung des Bruders Daniel verborgen geblieben. Und so verharrte er neben dem Apparat und hörte zu.

„Wer ist sie?" fragte er, nachdem das kurze Gespräch, die Bitte um einen Termin, beendet war. „Ihr scheint schon eine gewisse Vertrautheit zu haben."

„Sie war erst einmal hier", gab Pater Daniel Auskunft und bemühte sich, möglichst gleichmütig zu wirken. Und fuhr dann fort: „Sie ist eine Frau in großer Not."

„In welcher?"

„Aber Bruder Jakob", entgegnete der Pater mit gespielter Entrüstung, „denk doch bitte an das Beichtgeheimnis! Auch wenn es nur ein Gespräch ist, es bleibt für andere Ohren verschlossen. Was für die Beichte gilt, gilt auch für das Gespräch."

„Schon gut", brummte der Abt. „Ich wollte nur wissen, ob ich mit einem Rat zur Seite stehen kann."

„Nein, nein", wehrte Pater Daniel ab. „Der Fall ist zu kompliziert."

„Ach was!" widersprach der Abt. „Die Apostel und den heiligen Benedikt kann man immer zu Rate ziehen." Und dann wagte er einen Schuss ins Blaue und traf ins Schwarze.

„Sie ist die Dame, die du auf deinem Marienbild dargestellt hast?"

Pater Daniel konnte sich eines überraschten Lächelns nicht enthalten.

„Ja, du hast Recht."

„Dann geh Morgen mit Gott zu diesem Gespräch!"

15

Leichtfüßig, als wäre das Fest der Auferstehung bereits gekommen, eilte Pater Daniel am Nachmittag des nächsten Tages zur vereinbarten Zeit zum ‚Paradies'. Unterwegs betete er still, mit der ihm noch verbliebenen Frömmigkeit ein ‚Ave Maria', änderte jedoch die letzte Zeile zu: ‚Und bitte für mich in der Stunde dieser Begegnung'. Sie stand schon da, wartete. Es war der erste, etwas wärmere Frühlingstag mit einer Temperatur um die

18 Grad. Eine Sonne, die die Kraft kommender Tage erahnen ließ, stand an einem blauen Himmel und tauchte die Türme der Basilika in Licht und Schatten.

Sonja trug schwarze Stiefeletten, eine gleichfarbige Leggins und darüber ein langes, bordeauxrotes Kleid mit einem Seitenschlitz. Sie hatte wieder die schwarze Lederjacke an, die sie schon beim ersten Treffen getragen hatte. Als er sie fast erreicht hatte, schob sie sich die Sonnenbrille auf die Stirn, lächelte ihm entgegen und sagte: „Hallo, Pater Daniel!"

Sein Gruß verzögerte sich um einen winzigen Moment. Er biss sich auf die Zunge. Der Dämon des Tourettesyndroms hatte ihm zugeflüstert: „Der Wind, der Wind, das himmlische Kind!" Aber nachdem er den unsinnigen Spruch heruntergeschluckt hatte, begrüßte er sie wie eine längst Vertraute mit „Hallo, Sonja!"

Durch das ,Paradies' traten sie in die Basilika. Die Kirche war leer, und er schlug vor, sich auf die Bank vor der Marienstatue zu setzen. Das sei besser als der kahle und kühle Nebenraum der Kapelle. Ob er damit etwas tat, was gegen die Regeln der Abtei verstieß, wusste er nicht. Dieser Fall war noch nie vorgekommen und hatte folglich auch keinen Eingang in die Statuten gefunden.

„Schön, dass Sie gekommen sind", begann er das Gespräch. „Wie ist es Ihnen ergangen in der Zwischenzeit?"

„Es ist schlimmer geworden", antwortete sie. „Ich muss unbedingt da raus, weiß aber nicht wie. Er findet mich."

„Ein heimlicher Umzug an einen anderen, weit entfernten Ort?"

„Sie schüttelte den Kopf. „Geht nicht. Ich müsste mich anmelden, um eine Wohnung und einen Job zu finden, bin registriert, aufspürbar und müsste in ständiger Angst leben. Außerdem fehlt mir das Geld dazu. Er hat mich in der Hand. Es gibt keinen Ort auf der Welt, an dem ich sicher wäre."

„Das kann nicht sein", wandte Pater Daniel ein. „Mit Gott findet man immer Wege und Orte."

„Das sagen Sie in der Beschütztheit Ihrer Klosters", widersprach sie in einem fast vorwurfsvollen Ton.

Er verschränkte die Hände ineinander, stützte das Kinn darauf. Eine kurze Pause entstand. Dann bemerkte er: „Es muss aber einen Weg geben. So kann es nicht weitergehen. Am Ende wären Sie ruiniert, seelisch, wahrscheinlich auch körperlich. Dann wird er Sie wegwerfen wie einen ausgewrungenen, ausgedienten Lappen. Wer ist dieser ‚Er' überhaupt? Wie heißt er, wo kommt er her?"

„Er ist Deutscher. Er heißt Louis. Er kontrolliert alles, was ich mache."

„Er weiß, dass Sie hier sind?"

„Nein. Ich schiebe einen Besuch bei meinen Eltern vor. Da wollte er noch nie mit hin."

„Was halten Sie bei diesem schönen Wetter von einem Spaziergang am See?" fragte Pater Daniel. „Wir könnten dort weiter miteinander reden, auf gute Gedanken kommen. Kirchliche, seel- sorgerliche Ratschläge kann ich hier nicht geben. Sie versagen."

„Dürfen Sie denn das Klostergelände verlassen und mit mir spazieren gehen?" fragte sie erstaunt.

„Ob mir der Spaziergang mit einer Frau nach den klösterlichen Regeln verboten ist, weiß ich nicht. Ich habe noch nie darüber nachgedacht. Es ist mir aber auch herzlich egal. Die heilige Hildegard sagt, dass Mönche öfter spazieren gehen sollen, um ‚Grünkraft' zu tanken. Jesus ist gewandert, der heilige Benedikt hat jahrelang als Einsiedler in der freien Natur gelebt. Warum also sollte uns ein Spaziergang am See verwehrt sein!?"

16

Sie stimmte mit einem etwas überraschten Lächeln zu. Auf dem Weg zum See überlegte Pater Daniel: Ich muss wenigstens dieses eine Gebot des heiligen Benedikt beachten, dass es nicht um mich, sondern um mein Gegenüber geht. Ich muss meine Gefühle zurückstellen. Meine eigenen Wünsche, Sehnsüchte, ja, und nennen wir es beim Wort, meine Begierde. Es geht nur um Sonja, um die Hilfe für sie. Ich muss also die Distanz bewahren.

„Sie schweigen, Pater?", bemerkte sie, als sie den halben Weg zum See hinunter gegangen waren.

„Ja. Ich überlege, wie ich helfen kann."

„Das machen Sie doch bereits. Es tut mir gut, mit Ihnen sprechen zu können. Ich weiß aber nicht, wie es Ihnen geht."

„Wollen Sie eine ehrliche Antwort?"

„Ja."

„Es geht mir ausgezeichnet. Wenn man immer nur von der anderen Hälfte der Welt abgeschnitten unter Männern lebt, genießt man die weibliche Gesellschaft."

„Wirklich?" Sie blieb stehen, sah ihn an, lächelte. Er sah, dass dieser leise Schatten von Melancholie in ihren Augen für einen Moment verflogen war.

Als sie weitergingen, hakte sie sich bei ihm ein, fragte: „Verboten?"

„Zu spät. Es ist ja schon geschehen." Und einen Wimpernschlag später fügte er hinzu: „Es ist sehr angenehm. Bleiben wir dabei."

„Sie sind mutig. Was ist, wenn man uns sieht?"

„Wir könnten Geschwister sein", sagte er scherzhaft. „Außerdem geht es nicht darum, was andere von uns denken, sondern darum, was uns gut tut."

Sie hatten den Weg, der um den See führte, erreicht. Erste Spaziergänger kamen ihnen entgegen. Der fragende, etwas verunsicherte Blick entging ihnen nicht. Es war eine ungewöhnliche Kombination. Der Mönch in der schwarzen Kutte und bei ihm untergehakt eine schöne, junge Frau.

„Was mögen sie denken?" fragte Sonja.

„Na ja", meinte er, „viele Möglichkeiten haben sie nicht. Mönch mit seiner spätgeborenen Schwester, vielleicht mit seinem Patenkind. Aber sie denken eher an ein Sakrileg. Ein Mönch mit seiner heimlichen Geliebten. Dass ich mit meiner Mutter spazieren gehe, fällt ja wohl weg."

„Du bist lustig", sagte sie spontan und lachte. Und korrigierte sich sofort. „Entschuldigung! Sie sind lustig."

„Bleiben wir ruhig beim ‚Du'. Wenn wir schon so dicht nebeneinander gehen."

17

Sie hatten einen nur kurzen Spaziergang den See entlang gemacht. Sie durfte nicht allzu lange wegbleiben. Der Natur, die zum Frühling hin erwachte, schenkten sie nur wenig Aufmerksamkeit. Pater Daniel gewann durch ihre Erzählung mehr und mehr den Einblick in ihr Leben und sah, dass sie am Rande der Zerstörung war. Bereits auf dem Weg überlegte er, während er zuhörte, was zu tun war, was sie tun könnten. Die Zeit drängte. Eigentlich war kein Tag mehr zu verlieren. Ihre Befürchtung, dass es keinen Ort auf der Welt gab, an dem sie sicher war, teilte er nicht. Es musste ihn geben.

Es war ein angenehmes und zugleich ruhiges Gefühl, sie beim Gehen neben sich zu spüren. Dieses Gefühl hatte er noch nicht gekannt und er hielt es für äußerst richtig. Ja, es war sogar so, dass Zeit und Raum nicht zu existieren schienen in einer Beseligung, die ihn durchströmte.

Als sie auf dem Rückweg bei ihrem Wagen angekommen waren, sie war wieder mit dem Audi des Vaters gefahren, umarmten sie sich.

„Komm, so rasch es geht, wieder!" sagte er. „Ich werde einen Plan entwerfen. Und wenn du willst, machen wir das zusammen."

„Ja, das will ich", antwortete sie.

Er sah ihr nach, wie sie davonfuhr, hob die Hand zum Gruß. Sie musste es im Rückspiegel gesehen haben, ließ das Seitenfenster herunter, winkte. Kurz darauf bog sie ab zur Straße hin, war aus seinem Blickfeld verschwunden.

Er ging zurück zur Klosterpforte, wo Abt Jakob immer noch den Pförtnerdienst versah. Pater Daniel rechnete mit einer Bemerkung. Etwa: „Das war aber ein langes Gespräch!" Aber der Abt sagte nichts, sah ihn mit seinen klugen Augen, die alles zu erkennen schienen, nur an.

Er ging auf seine Zelle, wartete die kurze Zeit, bis die Hausglocke ertönte, begab sich ins Refektorium, um die Abendmahlzeit einzunehmen. Er hörte das einleitende Wort aus einer der Regeln des heiligen Benedikt:

„Immer müssen sich die Mönche mit Eifer um das Schweigen bemühen, ganz besonders aber während der Stunden der Nacht."

Ich werde nachts nicht mehr schweigen, dachte er. Sondern neben ihr liegen und gewiss auch reden.

Von Abt Jakob traf ihn in diesem Moment ein aufmerksamer Blick. Es war so, als könnte er mit den Augen Gedanken lesen.

18

Nach dem Abendgebet kam der Abt zu ihm. „Bruder Daniel, lass uns noch eine Weile durch den Kreuzgang gehen."

„Glaubst du nicht", begann er dort das Gespräch, „dass es dir hier im Kloster gutgeht? Du kannst in Ruhe beten, philosophieren, meditieren, Gott suchen, darfst deinem Talent, dem Malen, nachgehen. Außerhalb der Klostermauern findest du ein Verleugnen der Metaphysik, eine rationale Verflachung, die die Ursache des ganzen Elends da draußen ist. Zeit, Arbeit, Geld haben sie an die Stelle der göttlichen Dreifaltigkeit erhoben. Es herrscht eine kosmische Verdummung. Der Himmel ist veruntreut. Es ist eine konsequent gottlose Welt, eine total sinnlose. Wie ein Bild ohne Perspektive. Willst du dorthin?"

„Ich habe mich in eine Frau verliebt", sagte Pater Daniel.

„Ich weiß. Das sehe ich wohl. Es ist an deinem Gesicht abzulesen. Sie liebt dich auch?"

„Ich glaube, ja."

„Dann hoffe ich, dass diese Liebe beständig ist. Die Gottesliebe ist es auf jeden Fall. Aber wenn du tauschen willst…"

„…muss die Gottesliebe nicht verloren gehen", ergänzte Pater Daniel.

„Ich wünsche es dir. Ich hege keinen Groll, wenn du gehst. Aber vorher machst du bitte noch das Bild fertig." Und nach einer kleinen, nur Sekunden dauernden

Pause fügte er hinzu: „Falls es nicht schon fertig ist. Du wolltest es nur nicht verkaufen."

„Ja, es stimmt. Du hast recht."

„Verkaufe es und behalte den Erlös. Vielleicht kannst du ihn brauchen."

„Du tust ja so, als hätte ich mich schon verabschiedet", meinte Pater Daniel verwundert.

„Gegen eine Frau ist auch ein Abt machtlos", sagte Bruder Jakob.

Später auf seiner Zelle überlegte Pater Daniel: Woher weiß er das nur alles? Woher hat er diese Gabe? Nichts bleibt ihm verborgen. Es ist so, als könnte er in einen hineinsehen. Oder sieht man es mir tatsächlich an, dass ich verzaubert bin?

19

Als Sonja an diesem Tag nach Hause kam, saß Louis auf dem Ledersofa. Der Fernseher lief, auf dem Beistelltisch stand eine leere Flasche Wodka. Er herrschte sie an: „Warum hast du dein Handy abgeschaltet? So lange bist du noch nie bei den Eltern geblieben. Ich wollte dort schon anrufen. Baby, du machst mich echt wütend. "

„Du hast noch nie dort angerufen", sagte sie ruhig. „Und du weißt, warum. Sie mögen dich nicht."

„Oh, ich kann auch ganz lieb fragen. Und jetzt rück den Wagenschlüssel raus! Fahrten nur noch beruflich."

„Es ist mein Wagen. Er ist von meinem Geld bezahlt und auf mich angemeldet. Aber bitte!"

Sie fasste in ihre Jackentasche, zog einen Ring mit Schlüsseln heraus, „mach ihn selbst ab!", warf ihm den Bund zu. Er griff daneben. Die Schlüssel trafen ihn an den Kopf. Er sprang auf, torkelte, fegte in seiner Trunkenheit die Flasche vom Tisch, die auf dem Fliesenboden zersprang, versuchte am Rand des Tisches Halt zu finden. Der kippte um und er klatschte mit dem Gesicht in die Scherben. Eine Lache von Blut breitete sich aus. Sie beugte sich über ihn, sah, dass er bewusstlos war. Sie eilte ins Bad, kam mit einem Handtuch zurück, drehte ihn auf den Rücken, drückte ihm das Handtuch auf die Stirn, wo die Blutung am heftigsten war. Mit der einen Hand presste sie das Tuch, hielt den Druck aufrecht, mit der anderen holte sie ihr Handy, das sie auf der Rückfahrt wieder eingeschaltet hatte, aus der Jackentasche, rief die Ambulanz, schilderte kurz, was geschehen war, sagte: „Er verliert viel Blut."

„Wir kommen sofort", hieß es. „Versuchen Sie bis dahin, die Blutung zurückzuhalten. Drücken Sie mit einem Tuch auf die Wunde!"

„Ja, mache ich schon."

Danach betete sie, dass er bewusstlos bleiben möge. Als es nach kaum zehn Minuten klingelte, öffnete sie. Zwei Sanitäter und ein Arzt kamen mit einer Trage herein. Der Notarzt beugte sich über Louis, entfernte das Handtuch, legte einen Druckverband an, sagte zu den Sanitätern:

„Muss genäht werden."

Und zu Sonja gewandt meinte er: „Ein CT werden wir zur Vorsicht machen. Aber wahrscheinlich reicht eine ambulante Behandlung. Sie sollten mitkommen."

„Nein!" sagte Sonja.

„Oh! Was ist passiert?"

„Er saß auf dem Sofa, war schon betrunken, wurde wütend, wollte mich angreifen. Er ist aufgesprungen, hat die Flasche weggefegt, wollte sich am

Tischrand festhalten, ist mit dem Tisch umgekippt."

„Das erste Mal?" fragte der Arzt. „Ich meine, das erste Mal, dass er handgreiflich wurde oder es versucht hat."

„Nein. Das war schon öfter."

„Dann machen wir das so", schlug der Arzt vor. „Wir behalten ihn über Nacht bei uns und Morgen wird das geklärt. Personalien brauche ich aber jetzt schon. Ihre und seine."

„Er hat seine Papiere weggeschlossen. Da komme ich nicht dran."

„Dann schreiben Sie mir bitte seinen Namen auf, mit Geburtsdatum, und zeigen mir Ihren Personalausweis. Alles Weitere wie gesagt Morgen. Er ist Ihr Ehemann?"

„Nein. Wir leben so zusammen."

Sie holte die Geldbörse mit den Fächern aus der Innentasche ihrer Lederjacke, die sie noch nicht abgelegt hatte, zog den Ausweis heraus, gab ihn dem Arzt.

Der überflog ihn, sagte: „Gut, Sie wohnen also hier", reichte den Ausweis zurück. Dann sah er auf dem Zettel, den sie geschrieben hatte, den Namen des Patienten, fragte: „Er ist Deutscher?"

„Ja."

Vom Fenster des Wohnzimmers aus schaute sie zwei Minuten später zu, wie Louis auf der Trage in den Ambulanzwagen geschoben und zur Klinik gefahren wurde.

20

Sie spürte, dass jetzt der Zeitpunkt zum Handeln gekommen war. Eine solche Gelegenheit, die er selbst verschuldet hatte, würde es nicht wieder geben. Sie konnte sicher sein, dass er nicht vor Morgenfrüh erscheinen würde. Die ganze Nacht also hatte sie Zeit. Und gut war auch, dass sie jemanden an ihrer Seite wusste. Sie wunderte sich, wie ruhig sie war, wie gezielt sie überlegen konnte.

Der erste Schritt war, die verschlossene Schublade zu öffnen. Den Schlüssel trug er immer bei sich. Der würde jetzt in seiner Hosentasche stecken, war also in der Klinik. In der Schublade verwahrte er ihre Kreditkarte, den Kfz-Brief, ein Notizbuch mit Passwörtern und ihren Reisepass. Und den Revolver. Sie ging in die Besenkammer, holte dort den Werkzeugkasten, ging damit zum Schreibtisch.

Sie nahm einen Meißel und einen Hammer, trieb den Meißel in die obere Kante der Schublade, brach sie auf, so dass das Holz splitterte und den Riegel des Schlosses freigab. Sie zog die Lade auf und blickte auf mehrere Geldbündel mit 100-Euro-Scheinen. Er war ein Freund des Bargeldes. Sie holte eine Reisetasche, stopfte die Bündel hinein. Pass, Kfz-Brief und Revolver folgten. Die Kreditkarte steckte sie in ein noch freies Fach ihres Portemonnaies.

Mit dem Notizbuch, in dem seine Passwörter standen und noch einiges mehr, setzte sie sich an den Schreibtisch, fuhr den Laptop hoch, gab das Kennwort ein. Eine ganze Stunde brauchte sie, um alles zu erledigen. Sie loggte sich in sein Online-Banking, räumte das Konto, auf dem etwa 3000 Euro waren, fast leer, überwies das Geld auf ein eigenes Konto, das sie vor ihm geheim gehalten hatte. Ein schlechtes Gewissen musste sie nicht haben. Es war ja ihr Geld, genauso wie die Bündel mit den grünen Scheinen. Sie löschte ihren Webauftritt mit den Fotos, die er von ihr gemacht hatte, formatierte schließlich die Festplatte. Zum Schluss zerschlug sie in einem Anfall von Wut mit dem Hammer das Display. Danach nahm sie ihr Handy, ging damit ins Internet, buchte in Nähe des Bonner Münsters ein Zimmer in einem Hotel mit Parkhaus, wo der Wagen sicher über Nacht stehen konnte. Anschließend löste sie den Chip heraus, spülte ihn in der Toilette weg. Da sie sich nicht sicher war, ob ein Handy nicht auch ohne Chip geortet werden konnte, warf sie es schließlich in den Mülleimer.

Mit dem Hammer in der Hand ging sie ins Wohnzimmer, suchte sein Handy, das auf dem Tisch gelegen hatte, fand es unter dem Sofa, nahm auch hier den Chip heraus, spülte ihn in der Toilette weg, zertrümmerte das Display mit dem Hammer. Den Schlüsselbund, der auf der Couch lag, steckte sie ein.

Jetzt musste sie nur noch Kleidung, Kosmetika, Schuhe mitnehmen, holte dazu einen mittelgroßen Koffer, der oben auf dem Schrank im Schlafzimmer stand, packte ihn voll.

Gegen 20 Uhr war sie mit allem fertig, ging in die Küche, bereitete sich einen Kaffee, überlegte, ob sie noch etwas vergessen hätte. Eine halbe Stunde später betrat sie den Hausflur, zog die

Wohnungstür zu, ging mit dem Gepäck zum Wagen, verstaute es im Kofferraum. Danach hob sie die Rückbank, zog den GPS-Tracker ab, ging zurück ins Haus, in den Keller, warf ihn in die Mülltonne.

Nachdem das erledigt war, fuhr sie zum Hotel, wo sie nur eine Nacht bleiben wollte. Die Würfel waren gefallen. Mitleid mit Louis empfand sie nicht, wünschte ihm im Gegenteil noch einen Schädelbruch, der ihn für ein paar weitere Tage und Nächte an die Klinik fesseln würde. Als sie schließlich ihr Zimmer im Hotel bezogen hatte und vom Fenster aus auf das angestrahlte Bonner Münster blickte, fand sie, dass es ihr richtig gut ging. Sie freute sich darauf, Pater Daniel am nächsten Tag zu treffen und ihm eine überraschende Neuigkeit erzählen zu können. Die Coolness und Gelassenheit, mit der sie agiert hatte, wich bald darauf einer Erschöpfung, die sie rasch einschlafen ließ.

21

Pater Daniel, der von der Wendung in Sonjas Schicksal noch nichts wusste und sich hin und her geworfen fühlte zwischen den Worten des Abts und jenem süßen Gefühl beim Spaziergang am See, fand in der Nacht keinen Schlaf und saß im Klostergarten auf einer Bank unter einem Holunderstrauch, der schon grüne Knospen trieb und bald mit zarten, weißen Blüten erscheinen würde. Im Volksglauben war der Hollerbusch, wie er auch genannt wurde, einer Erdgöttin geweiht, sollte vor bösen Geistern und Dämonen, vor Krankheit, Feuer, Unwetter und Blitzschlag schützen. Ob er einen auch vor dem Blitzschlag der Liebe bewahrte, war nicht überliefert und war auch unwahrscheinlich, da die Liebe zum innersten Kern des Menschen gehörte und so wie der Blütentrieb des mythischen Strauchs eine unwiderstehliche Ange-legenheit der Natur war. Pater Daniel hing wie bei einem schottischen Seilziehen zwischen Himmel und Erde, zwischen den Worten des Abts, denen er eine gewisse Richtigkeit nicht absprechen konnte, und einer ihn beseligenden Attraktion durch die Schönheit einer Frau. Er hing ketzerischen Gedanken nach, die ihn vor ein paar hundert Jahren noch auf den Scheiterhaufen gebracht hätten. Waren

Klosterleben und Zölibat nicht nur ein infamer Trick, um Ruhe vor dem Weib zu haben? Gewiss, es war nicht zu leugnen, dass eine Frau für Unordnung und gewaltiges Chaos im Leben eines Mannes sorgen konnte. Aber musste man sich deswegen in einen totalen, widernatürlichen Rückzug begeben, um völlig frei zu sein für den Dienst an Gott? War der Dienst am Weib nicht zugleich auch ein Dienst an Gott? Schließlich hatte ER diese Kreatur ja eigens geschaffen als Gefährtin des Mannes. Vielleicht sah ER es gar nicht so gerne, wenn man dieses Geschenk zurückwies und sich hinter Klostermauern versteckte. Was konnte Gott dafür, wenn es zu Querelen zwischen Mann und Frau kam und nicht selten zu Tragödien? Das waren die Menschen selbst schuld. Gott hatte es nicht auf einen Zwist zwischen Mann und Frau angelegt. Im Gegenteil. Sie sollten sich aneinander erfreuen und das Geschenk des Lebens feiern. Aber offensichtlich waren viele nicht dazu fähig, machten sich das Leben schwer mit Streit, Vorwürfen, Kontrollen, Konkurrenz, Vorschriften, Unterdrückung, Eifersucht und Vielem mehr, was sich das Teufelchen auf dem Kapitell lachend auf

Pergament notierte. War die Paradiesgeschichte von Eva, dem Apfel und der
Schlange nicht eine hinterhältige
Erfindung, die nur dazu gedient hatte, das
Weib auf Abstand zu halten, es
herabzustufen zu einer Gefahr? Eine
Erfindung, die Jahrhunderte lang durch
die Inquisition zu grausamen Verbrechen
geführt hatte? Gewiss, die Zeiten waren in
dieser Hinsicht milder geworden, die
Paradiesgeschichte spukte aber immer
noch im Kopf des Abtes herum. Konnte er
ihm, dem Pater Daniel, nicht auf die
Schulter klopfen und sagen: „Ach, wie
schön für dich! Wir entlassen dich mit
Freude und müssen hier leider noch auf
solch ein Glück warten."

Die ganze Nacht hatte er unter dem
Holunderbusch gesessen, am Himmel
wieder die beiden Planeten beobachtet, die
in einer gemeinsamen Linie mit dem
Mond zum Horizont zogen. Als die
Hausglocke zum Morgengebet ertönte,
fühlte er sich nicht müde, sondern eher in
seinem Entschluss gestärkt.

22

Louis Mendalla, von seinen Freunden genannt ‚Revolverlui‘, war ungeduldig. Durch das Fenster flutete Tageslicht. Die ‚Rolex‘, die bei dem Sturz heil geblieben war, zeigte 8 Uhr. Seit zwei Stunden schon lag er wach, hatte vor einer Stunde die Schwester gebeten, bei seiner Freundin anzurufen, damit die ihn abholen konnte. Kopf und Stirn schmerzten. In Stirnhöhe ertastete er einen Verband. Fasste er sich oben an den mit dichten schwarzen Haaren bewachsenen Schädel, war es ein taubes Gefühl, als berühre er einen Stein. Er lag in der Marienklinik in Bonn-Endenich. Die war von der Wohnung nur einen Kilometer entfernt.

Warum nur kam Sonja nicht? Schlief sie noch? Als die Schwester um 9 Uhr wieder erschien, sagte sie: „Tut uns leid. Wir erreichen Ihre Freundin nicht. Wir versuchen es später noch einmal.“

Er durchsuchte die Taschen seiner Trainingshose. Nichts. Kein Schlüssel, kein Geld. Auf so einen Aufenthalt war er nicht vorbereitet. Die Erinnerung an das Ereignis von gestern hatte sich wieder eingestellt. Sonjas späte Ankunft, der Wurf mit dem Schlüsselbund, seine Wut, der Versuch sich beim Aufspringen am Tischrand festzuhalten. Dann gab es eine Gedächtnislücke. Schemenhaft tauchte nur die Erinnerung an den OP-Tisch und die feinen Stiche der Injektionsnadel auf. Nach dem Versorgen der Wunde hatte man ihn in einen Rollstuhl gesetzt und zum CT geschoben. Dann in dieses Krankenzimmer. Er hatte sofort tief geschlafen. Wegen der Betäubungsspritzen und dem Wodka, der noch nicht abgebaut war. Die Schwester hatte ihm am frühen Morgen die Diagnose mitgeteilt:

„Alles gut. Sie haben nur eine leichte Gehirnerschütterung. Die Fäden, mit denen die Wunde an der Stirn vernäht worden ist, müssen sie in sieben Tagen ziehen lassen. Entweder hier oder bei Ihrem Hausarzt."

Warten? Warten war nicht das Ding von Louis Mendalla. Er stand auf, verließ das Zimmer, ging ohne jemandem zu begegnen durch den Flur, eilte eine Treppe hinunter, verließ das Krankenhaus. Den einen Kilometer würde er schaffen. Er war am Kopf verletzt und nicht an den Füßen.

Als er das Haus erreicht hatte, drückte er den Klingelknopf, hielt ihn gedrückt, wartete auf den Türsummer. Aber nichts geschah. Da presste er die Handkante auf alle fünf Knöpfe. Schließlich ertönte der Summer. Er schob die Haustür auf, eilte in den zweiten Stock, bollerte mit der Faust an die Tür. Nichts rührte sich. Wo steckte dieses Biest nur? Er nahm einen Anlauf, warf sich mit voller Wucht gegen das weiße Holz. Die Tür sprang auf. Fast wäre er wieder gestürzt. In der Wohnung eilte er in das Bad, die Küche, das Schlaf- und das Wohnzimmer, dann in sein Arbeitszimmer. Er sah den zerstörten Laptop, die aufgebrochene Schublade, den Werkzeugkasten daneben, begriff. Sonja hatte die Gelegenheit zur Flucht benutzt. Als er die Schublade näher inspizierte, stellte er fest, dass alles weg war. Das Geld, der Kfz-Brief, die Kreditkarte, das Notizbuch mit den Passwörtern und… der Revolver. Als er im Wohnzimmer sein zertrümmertes Handy entdeckte, tobte er vor Wut, trommelte mit den Fäusten auf das Sofa, trat mit dem Fuß den Fernseher von der Kommode, griff aus einer Vitrine eine Vase, schleuderte sie gegen die Wand. Danach eilte er in die Küche, holte eine Flasche Wodka aus einem der Einbauschränke, öffnete sie, nahm einen kräftigen Schluck, wurde etwas ruhiger, überlegte. Im Moment war er von jeder Kommunikation abgeschnitten, konnte nicht telefonieren, kam nicht ins Internet. Nach dem zweiten Schluck ging er ins Wohnzimmer, richtete den Tisch auf, betrachtete das eingetrocknete Blut auf den Fliesen und sagte: „Der nächste Fleck ist deiner!"

Als er die Flasche leer getrunken hatte, schleuderte er sie gegen die Wand.

23

Um Sieben am Morgen hatte Sonja das Hotel verlassen. Ein warmer, frühlingshafter Tag wie gestern kündete sich an mit einem klaren, blauen Himmel. Aber darauf achtete sie jetzt nicht. Immer wieder waren ihre Gedanken um die Zukunft gekreist. Das Geld in der Tasche hatte sie gezählt. Es waren 120 grüne Scheine, 12 000 Euro. Das Kapital könnte sie noch vergrößern durch den Verkauf des Wagens. Der BMW X2 war gerade ein Jahr alt, hatte 46 000 Euro gekostet. Das Geld würde zunächst nicht das Problem sein. Aber wie sah der Neubeginn aus? Wo und wie? Und vor allem mit wem? Alleine wollte sie nicht in ein neues Leben starten. Mit Pater Daniel vielleicht? Sie mochte ihn. Ob es jetzt schon eine beginnende Liebe war? Er war durch ein Gelübde gebunden. Aber hatte er ihr nicht zu verstehen gegeben, dass er im Kloster nicht glücklich war? Gleich beim ersten Gespräch hatte er gesagt: „Wir sitzen im gleichen Boot." Bei dem Spaziergang am See: „Ich werde einen Plan entwerfen. Und wenn du willst, machen wir das zusammen."

Sie musste sich an diesem Morgen zusammenreißen, einen kühlen Verstand bewahren. Die Bilder vermischten sich, wechselten wie in einem Kaleidoskop. Der Spaziergang am See, die Blutlache, ihr bewusstloser Freund, der kein Freund war, das Aufbrechen der Schublade. Wann und wie würde er in die Wohung kommen, was unternehmen, wenn er sah, dass sie geflohen war? Was konnte er unternehmen? Zunächst nichts. Handy und Laptop waren zerstört. Er würde zu einem seiner Freunde eilen, sich ein Handy geben lassen und mit Nachforschungen beginnen. Mit welchen? Hotels anrufen? Das brachte nichts. Die Polizei würde er gewiss nicht einschalten, keine

Vermisstenanzeige aufgeben oder ein Auto, das ihm nicht gehörte, als gestohlen melden. Zunächst würde er versuchen, den Wagen zu orten. Ob er die Daten dazu zusammenbekäme, war ungewiss. Schwierig war es auf jeden Fall und würde länger dauern. Sie hatte ja sein Notizbuch eingesteckt. Bei der Vorstellung, er würde es trotzdem schaffen, musste sie lächeln, malte sich die Szene aus. Die Mülltonne mit dem GPS-Tracker wäre wahrscheinlich schon abgeholt worden. Er würde zur Müllkippe fahren, falls der Tracker noch funktionierte, sich fragen, was der Wagen dort zu suchen hatte und ratlos vor einem Berg von Abfall stehen.

Vom Hotel aus fuhr sie nach Koblenz, besuchte dort einen Vodafone-Laden, kaufte sich ein neues Handy, schloss den Vertrag ab, legte den Chip ein, aktivierte ihn. An der Klosterpforte könnte sie erst zum Beginn des Beicht- und Gespräch-termins anrufen. Die Zeit bis dahin vertrieb sie sich in einem Café und mit einem Spaziergang am Rhein. An einem Fähranleger sah sie sich um, ob sie jemand beobachtete. Als sie sich vergewissert hatte, dass ihr niemand zusah, schleuderte sie den Revolver weit in das strömende

Wasser. Sie wollte mit der Waffe nichts zu tun haben, sah ihr nach, wie sie augenblicklich versank.

24

Louis Mendalla nahm den Schlüssel, den Sonja ihm dagelasssen hatte, eilte aus dem Haus zur Kneipe, wo sie sich immer trafen, stieß dort wütend und angetrunken die Tür auf. Seine Jungs hatten sich um einen Billardtisch versammelt.

„Ich brauch eure Hilfe", rief er ihnen zu. „Handy und Chauffeur."

„Was hast du denn angestellt?" meinte einer erstaunt. Zu fragen: „Hat dir dein Pferdchen eins über den Kopf gezogen?" wagte er nicht.

„Bin gestürzt, als ich der Alten an die Gurgel wollte. War ein bisschen bewusstlos. Sie hat mich zum Vernähen ins Krankenhaus bringen lassen und ist abgehauen. Sie hat mir mein Handy demoliert, ist mit dem Wagen fort. Aber da ist ein Peilsender drin. Wir finden sie. Ist total easy."

Ein bulliger Typ, der gerade am Spiel war und mehr Zeit im Fitness-Studio verbrachte als zu Hause, stellte seinen Queue beiseite, zog ein Smartphone aus der Jacke. „Kannste haben. Aber krieg ich wieder."

„Klar. In einer Stunde bin ich wieder da. Hab' die ID von dem Tracker zu Hause."

Er nahm das Handy, sagte: „Bis gleich."

Wieder in der Wohnung, drehte er den zerstörten Laptop um. Die ID des GPS-Trackers hatte er auf die Unterseite geklebt. Ebenso die Nummer seines Accounts bei dem niederländischen Hersteller und das Kennwort. Mit dem Handy loggte er sich bei dem Unternehmen ein, tippte Nummer und Kennwort, lud die dort angebotene App herunter, gab die ID des Gerätes ein, wartete einen Moment. Eine Navigationskarte erschien mit einem blinkenden Punkt. Er sah genauer hin, wunderte sich. Sie war zurückgekommen? Der Wagen musste vor der Tür stehen. Er eilte ans Fenster, öffnete es, sah hinaus, suchte die parkenden Fahrzeuge ab, fand aber nicht den BMW. Da dämmerte es ihm. Sie musste den Peilsender entfernt und ganz in der Nähe zurückgelassen haben.

Er durchsuchte die Wohnung, ging danach in den Keller, hob den Deckel der gelben Tonne, durchwühlte sie, stieß auf den kleinen, schwarzen Kasten. Er hatte Sonja völlig unterschätzt. Sie war raffinierter, als er gedacht hatte.

Er eilte zurück in die Kneipe. „Einer von euch muss mich fahren!"

„Mach ich", sagte der bullige Typ. „Wo geht's denn hin?"

„Nach Andernach zu ihren Eltern."

„Da ist sie?"

„Weiß ich nicht, kann aber sein. Wo sonst?"

Er selbst hielt es für unwahrscheinlich. Wenn sie so schlau war, den Sender zu entfernen, würde sie kaum den Fehler begehen, zu ihren Eltern zu fahren. Aber wusste man, was die Weiber anstellten? Nein. Also bestand zumindest eine Chance.

25

„Hast du das Marienbild schon in den Kunstladen gebracht?" fragte Abt Jakob nach dem Mittagessen.

„Ja", antwortete Pater Daniel und fuhr dann fort: „Ich würde gerne mit dir reden. Hast du Zeit?"

Der Abt warf einen prophetischen Blick auf seinen Mitbruder: „Die habe ich. Und ich weiß auch schon, was du mir sagen wirst. Gehen wir in den Kreuzgang."

Eine Weile gingen sie dort schweigend nebeneinander her, bis Abt Jakob begann:

„Nun, was möchtest du mir mitteilen?"

„Ich werde aus dem Kloster austreten."

„Du weißt, dass ein Austritt keine einfache Sache ist. Es ist deine Scheidung von der Ewigkeit."

„Die kann man sich auch in den Armen einer Frau bewahren."

„Du willst dich also in das Chaos der Welt stürzen!?"

„Nein, in die Wärme des Weibes."

„Du weißt, was dir beim Ablegen deines Gelübdes zugesichert wurde?"

„Wie könnte ich das vergessen!?" antwortete Pater Daniel und zitierte: „Der Herr behütet dich vor allem Bösen, er behütet dein Leben von nun an bis in Ewigkeit."

„Das möchtest du verlieren?"

„Verliere ich es, wenn ich mich einer Frau zuwende?"

„Du bist dann wie ein Fisch, der aus dem Wasser an Land gesprungen ist."

„Genau das kann ich nicht glauben. Ich springe eher vom Trockenen ins Wasser…", widersprach Pater Daniel. „Als Fisch, der das Wasser braucht", ergänzte er nach einer kurzen Pause.

„Ich sehe also", sagte der Abt, „dein Entschluss steht fest. Niemand kann dich hier halten. Doch es wäre gut, wenn dir die Kongregation in Rom die Dispens erteilt, damit du, wenn du es willst, kirchliche Ämter und Funktionen übernehmen kannst. Deine Pension, die bisher der Gemeinschaft zugute gekommen ist, wird selbstverständlich wieder auf dein Konto überwiesen. Das wird unser Cellerar regeln. Einen Absturz auf Hartz IV-Niveau wirst du nicht erleben. Dieses Schicksal, das viele ereilt, die so handeln wie du, bleibt dir erspart. Du kannst gehen, wann immer du willst. In unserer Kleiderkammer sind die Sachen aufbewahrt, die du beim Eintritt getragen hast. So, und jetzt erzähle mir, wer dir den Kopf verdreht hat! Auch ein Abt ist neugierig."

Einen Moment überlegte Pater Daniel, ob er alles so erzählen sollte, wie es war. Aber dann sagte er nur lakonisch: „Sie ist eine schöne, fromme Frau. Sonst hätte sie

nicht den Weg zum Beichtgespräch
gefunden."

26

Um halb Drei klopfte der Pförtner, es
war nicht der Abt, sondern ein anderer
Bruder, an die Zellentür von Pater Daniel,
wartete nicht, bis der öffnete, sondern
sagte laut: „Bruder Daniel, du hast ein
Beichtgespräch. Die Dame wartet auf dich
vor dem ‚Paradies'."

Kaum hatte er das gesagt, öffnete sich
auch schon die Tür, und der Pater ging
rasch und leichtfüßig durch den Flur dem
Ausgang zu. Er wunderte sich und freute
sich zugleich, dass sie so rasch
wiedergekommen war. Sonja stand vor
den Arkaden, wartete. Er begrüßte sie mit
einem Lächeln, das sie erwiderte.

„Gehen wir zum See!" schlug er vor.

Unterwegs erzählte sie ihm, was
geschehen war.

Ein Zeichen Gottes, dachte er. Was zwei
Kerzen bewirken können!

„Und jetzt? Was hast du vor?" fragte er.

„Ich weiß es noch nicht. Am besten
weit, weit weg. Louis ist in seiner Wut

brandgefährlich. Zugleich aber auch hilflos. Was soll er machen? Wo soll er suchen? Auf jeden Fall muss ich den Wagen loswerden, verkaufen. Das Nummernschild könnte verräterisch sein."

Da erst erzählte er von dem Gespräch mit dem Abt, von dem geplanten Austritt aus dem Kloster. Im Prinzip könne er sofort, aber ein bisschen Würde und Vorbereitung müsse sein. Hals über Kopf aus dem Kloster, das hätten die Mönche des Mittelalters so gemacht, um bei einem sittlichen Vergehen der Strafe der Entmannung zu entkommen. Er dachte an die Geschichte von Abélard und Héloise.

Sie hatten den Seeweg erreicht. Sie hakte sich wieder bei ihm unter.

„Und was machst du, wenn du aus dem Kloster ausgetreten bist?"

„Am liebsten wäre mir, wir würden gemeinsam verschwinden.

„Gemeinsam? Du hast kein Problem mit meiner Vergangenheit?"

„Nein!" Er dachte an Maria Magdalena, die Jesus die Füße gewaschen, gesalbt und geküsst hatte.

„Nein!" wiederholte er. „Ich habe mich in dich verliebt. Wenn Gott die Liebe geweckt hat, sollte man ihm nicht widersprechen."

Sie blieb stehen, umarmte und küsste ihn. Als sie sich voneinander gelöst hatten, sagte sie:

„Ich will das auch."

Nachdem sie eine Strecke Hand in Hand gegangen waren, kamen die naheliegenden Überlegungen.

„Wo willst du leben?" fragte er.

Sie hatte schon eine Vorstellung. „Spanien, Andalusien."

„Ja", sagte er im Gefühl einer großen Stärke. „Der Ort ist mir egal. Die Hauptsache, du bist dabei. Wo wirst du bleiben, bis ich im Kloster alles geregelt habe?"

„Am liebsten wäre mir hier das Hotel. Aber ich darf meinen Ausweis nicht zeigen und unter meinem Namen registriert werden."

„Das ist kein Problem. Der Leiter der Hotelrezeption kennt mich. Ein paar Bilder von mir hängen in der Empfangshalle. Ich werde dich als mein Patenkind anmelden. Dann werden sie keinen Ausweis verlangen. Dich als Schwester auszugeben, könnte wegen des Altersunterschiedes etwas komisch ausssehen. Dein Wagen steht auf dem Parkplatz geschützt. Den sieht man nicht, wenn man auf der Straße vorbeifährt. Weiß jemand, dass du hier bist?"

„Nein. Ich habe es keinem erzählt. Auch nicht meinen Eltern. Und auch nicht bei meinem ersten Besuch."

Als sie von dem Spaziergang zurückgekommen waren, regelte er die Aufnahme im Hotel, konnte unter seinem Namen ein Zimmer für sie buchen, hatte Freude daran, seine Geliebte heimlich zu verstecken.

Nach dem Abendlob, bei dem Abt Jakob so tat, als bemerke er nicht die frohe Unruhe seines Mitbruders, verließ Pater Daniel das Kloster, bevor die Pforte verschlossen wurde und kehrte erst mit der Morgendämmerung zurück.

27

Der Nachtzug von Paris-Montparnasse in das an der spanischen Grenze liegende Hendaye fuhr pünktlich ab. Von da aus würde es ein paar Kilometer weiter gehen nach Irun und von dort nach Madrid und Sevilla. Sie hatten ein Abteil für sich alleine gebucht, saßen am Fenster einander gegenüber, tranken Rotwein. Eine ganze Woche hatte sie im Hotel hinter den Klostermauern gewohnt. Es war alles geregelt. Der Wagen, unter Wert zwar, verkauft, das Geld vom Konto abgehoben. Er trug wieder zivil.

„So viele Augen, wie ich zudrücken müsste", hatte Abt Jakob gesagt, „habe ich nicht. Aber geh in Frieden und versuche dein Glück!"

Von Louis war nichts zu bemerken gewesen. Sonja hatte ihn ausmanövriert.

„Was war eigentlich mit dieser Geschichte im Mittelalter", wollte sie wissen. „Du hast das bei unserem Spaziergang am See erwähnt."

„Ach so", sagte er. „Das ist die Geschichte von Abélard und Héloise. Er war theologischer Professor und sollte sie, die Nichte eines bekannten und mächtigen Mannes, in der Theologie unterrichten. Aber statt zu lehren und zu studieren gab es im frommen Unterricht mehr heiße Küsse als weise Worte. Beide waren in einer unwiderstehlichen Liebe zueinander entbrannt, haben es zwischen den Büchern getrieben. Bis eines Tages der Onkel sie in flagranti erwischt. Abélard entführt seine

Héloise, versteckt sie in einem Kloster, wo sie sich im Refektorium weiter ihrer Leidenschaft hingeben. Der Onkel hört davon. Es wird ihm zu bunt. Er heuert ein paar Landsknechte an. Die überrumpeln Abélard nachts und entmannen ihn. So ungefähr habe ich die Geschichte noch in Erinnerung."

Sonja nahm einen Schluck Rotwein, lächelte, sagte: „Wie gut, dass dir das nicht passiert ist."

Er sah, dass der melancholische Schatten in ihren meergrünen Augen verschwunden war und lächelte zurück.

www.ruediger-schneider.net